清塘荷韵

江宏伟

工笔荷花精选集

Collections of
meticulor painting of water lily of Jianghongwei

福建美术出版社

江宏伟

1957年11月生于江苏无锡

1977年毕业于南京艺术学院美术系

现为南京艺术学院美术学院副教授

南京艺术学院美术学院硕士研究生导师

双荷 47.5×48.5cm 1994年

无端地冒出某本书上的一句话："正如包围着我们的空气一样，不能与一种纯粹的虚无等同"。我经常在小心翼翼地渲染时会出现虚无感。此时，正在用石绿沿着荷的边沿徐徐地向外扩散的晕化。这是在修改十几年前的一幅小画，是上世纪九十年代初流入港台及日本，近来又逐渐转回国内拍卖行的。被朋友购得，我见后提出可修改润色。对着画，既熟悉又陌生。这朵花，用煽情一点的说法，居然绽放了十多年，居然又转回到我的手上。不免有所感触。因为这朵花上凝结着那么一点少年情怀，目睹着花，依稀感受到那残余的青春。那时的脑中充满了憧憬，充满了"艺术"。"诗人和艺术家们就把他们灵魂和色彩和音乐融入生存结构之中"，这是泰戈尔说的。我不禁冒出这样的念头，一个人一时的狂热，或者说那种少年式的神圣感，虽幼稚，却是可爱的。

对着这幅不成熟的画，回想当时那点视艺术为生命、为神圣状态的情景，仿佛就在昨日，又恍如隔世。

那么现在就不那么"艺术"了吗？至于那时所谓的神圣究竟几分是艺术，几分是幼稚而引出的错觉呢？现在回忆，其实更多的是憧憬，因为当时，对画面的图式形成，对画的掌控能力，都仅是处于懵懂状态，就像行走在一条陌生的路上，方位并不明确，有一点迷茫，但路上的景色显然是新鲜的，在迷茫中识别路途，常会出现意外的惊喜。所以就情绪而言，显然是浓的，浓得竟会起了绵绵浮想，并将这绵绵的浮想变成了神与圣的念头。

事隔多年，神与圣的感觉逐渐淡漠了，因为这条陌生的路，不再陌生，成了一条熟谙的途径。那种迷茫已经消失，虽不再有误途的危险，但新奇、憧憬所带来的那份令人怦然心动的激情似乎变成了一个略带伤感的忆念了。至于淡漠还没到冷漠的程度，但那般喜与忧的纠缠在心中所起的涟漪已不再那么绵绵不断。现在绘画已是一个习惯，是与生活不可分割的习惯，这习惯使自己不停地久驻画案前。

对着早年的此类作品，不免有些惊讶，这些看来并不如意，甚至有些拙劣的作品，竟曾那么浓烈地牵动着当时的心绪。这使我感到拥有财富并不等于拥有幸福。同样，对艺术的理解深了，对画面的控制能力自如了，而那对"艺术"的痴迷与神圣感却不见得增多。于是对这些并不成熟却自我感觉十分"艺术"的作品，不免有些羡慕，因为它曾经迷醉过一颗青春的心。

当然，人是不能割断历史的，同样，随着时光的流逝，记忆也会不断地涌上心头，就像早年越洋过海的作品，又会在大陆出现一样。但就个体而言，自己的某些艺术理念是特定的时期、特定的文化氛围于自己秉性的一种契合。从前的社会，不似如今这般日新月异，如今无论是自然观、价值观，还是审美意识都在时刻发生着变化。紧跟时代步伐，就个体而论，仅是拥有某个时间段，单一的生活方式、单一的艺术理念已成昔日往事了。

而我却似乎更单一了。历史将个体锁定在某个时间段，那么就好好地咀嚼这一时间段所形成的艺术理念及价值判断，因为那是一段甜蜜的历程。自然的魅力赋予我对绘画的感悟能力，而这种感悟能力的形成则得益于我所处的时代，以至于可以由着自己的性子来看古代绘画，看西方绘画，二者的视线最初交汇于一朵荷花之间，绽放出具有自己色彩的花朵。

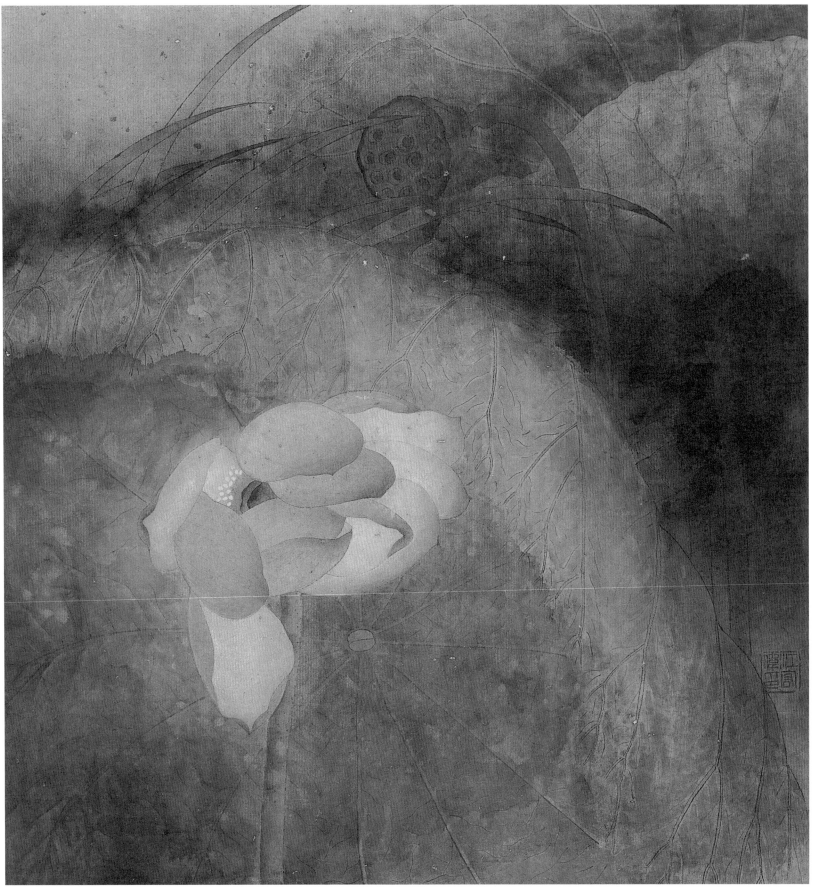

清晖 33.8×31.5cm 1987年

荷塘清趣册 31.5×29.5cm 1989年

最初以荷花为主题，是对波提切利的《春》、《维纳斯的诞生》，以及安格尔的《泉》的神往，特别是作品中的一些局部的描绘，那是现实与理想的完美结合，而宋人的《出水芙蓉图》则将这一现实与理想浓缩到一朵盛开的荷花之间，质地的圆润，形态的典雅，让我对它与西方作品产生一种联想，这一联想使我对材料及技法那种习惯的共识与定论产生了一些不尊重的念头，我想或许它的潜在性能并未被挖掘，或许这些传统的工艺流程是墨守成规而确立的，它的背后可能隐藏了另一层未被发掘的潜质。既然我将《出水芙蓉图》与安格尔的《泉》在感官与意识里起了一层叠合，那么各自轨道的界线，自然被模糊了。我的这些念头是在反传统与捍卫传统的思潮共存的八十年代中期形成的。同时我切入绘画最初的原因是我对图像的迷恋，我对绘画的兴趣是视觉对客体世界所作的反映让我产生对美感的向往，所以我不太注重那些职业研究者对绘画的理解，与属于他们的那些陈词滥调的解读。我用我朴素的，哪怕是幼稚的眼光来辨别我能看到的东西，慢慢地甄别映入我眼中的各种图像信息。

当时的作品均很小，通常在三十公分左右。作小画的原因有两个，一是按当时控制画面的技法，尚不具备创作大幅作品的能力；其二，尺幅小可以集中精力寻找我想找的感觉，也可以反复实验、反复修改，最终找到符合自己画面的语言元素，这便需要在熟宣纸上改变原先的作画程序。因为我不把一幅古代绘画，用后人解释的被程序化的角度来理解，而是当成一处风景、一个美丽幽静的景色来看，我用我的方法对着这一景色进行写生。于是，我在分辨其形的基础上，以渲染作为处理明暗与深入画面的主要手段，进行对环境、空间以及作画程序上的随意的实验。

假如说，我把古代绘画当油画、当素描来阅读，那么同样，我可以把古典油画当成晕染得体的宋画来看，这样的认知方式，使我可以在特定的范围内，将自己从感官所获得的生活印象与古代作品在意识里产生了一种融合，自然地可以重视画面效果，而不必拘泥于人为制定出的某种法则。我可以在确定形状后任意涂抹颜色，也可以先涂抹几块色迹后再填入内容。这种实验随时有新的发现，也常常伴有几分沮丧。期间有一个契机让我的实验、我的画能够自如地深入，并能够不断地修改、调整，这便是用水洗刷画面。

最初是出于一个偶然，是沮丧之后的不甘心所为。因为一幅工笔画，从起稿到制作完成是需要花费大量时间的，而在完成作品的过程中，似乎只能一层层的渲染，容不得修改，更无法改变意图。由于我不愿意按固有的工笔画程序作画，也不愿按当时的画面样式作画，所以在制作的过程中常常会异想天开地加入自以为符合自己艺术理想的一些东西，那便是对气氛、对环境的一种需求。因为最初将我引入绘画领域的是素描与色彩的训练，所以眼光在辨别外部事物时是以明暗、冷暖来观察的。物体与环境的关系、固有色与环境色的相互作用对我的吸引力，使我不能安分于自己所从事的画种。对色彩的迷恋总会让我对一张白描花卉稿起一些非分之想，这就必然导致画面的不和谐，有时甚至到了十分糟糕的地步，到了涂刷重重的颜色，将原画完全覆盖，成了一张灰蒙蒙的不透气的色纸的地步。其间仅能出现依稀可辨的一点残痕，似乎是对非分之想的一种嘲笑。我记不清这一阶段持续了多长时间，撕掉了多少辛辛苦苦花费大量时间画出来的半成品。所以我画小画，我画荷花，因为

清风　31.5×36.5cm　1998年

就算失败也占用不了太多的时间。那时真年轻，可以肆意地挥霍时间，可以容得"为赋新词强说愁"。有一次，对着几幅灰蒙蒙、不透气，却依稀可辨的残痕，将底纹笔沾满清水，对着画面进行洗刷，仿佛用刮刀将画得不如意的油画的浮色刮掉一样。颜色的表层被洗掉，被遮的内容在柔和而朦胧的色调中隐显，并且奇迹般地透出模糊的光泽，我好像有那么一点"蓦然回首，那人却在灯火阑珊处"之感。这让我惊讶地发现，原来同样的材质，居然隐藏着另一种潜质。这使我意识到，过去我们对材质的认可，是以原先作品出现的效果来固定它的属性，这一属性，又被研究者们固定为必须遵循的规则，所引申出一种标准，再将其分解为各类技法，给予规范，在规范的前提下，再来讨论所谓的艺术性。我不否定这是一条认知途径，但我不认为这是唯一的途径，更不必当作普遍真理。因为协调感才是成立画面的关键，每个时期，每个人的心中都应有一个属于自己的画面，以自己的方式来协调这一画面。

我被偶然生出的光泽所吸引，于是我抓住它，原先的规则在心目中更有理由将其淡薄了。既然我把古典作品当写生来看待，那么主动权自然掌握在自己手中，我强调能成立我的美感的方式，及其表现方式。比如说线条，在我的画面中，如果像多数人解释的那种方式，线条在我的画面中显然显得孤立生硬，但古代作品对形的凝练，对色层的敏感，使形与色融合到一种不可分割的状态，成了我的某个标准，于是这种孤立便不再孤立。

我对工笔画之所以有一点轻视，我之所以为一点光泽而欣欣然，是对传承者一味刻板将工笔画技法化、程式化，在双勾的框架内填入自然属性的红花绿叶，以渲染来制造概念式的体积感的一点轻视。我以为，宋元以后的工笔画，除了各时期、各地域有那么一点制造方式的区别之外，对物的敏感度，已被刻板的教条思想所淹没。

我庆幸不是由中国画专业进入绘画领域，也庆幸成长过程恰逢开放的时期，特别是八五新潮的影响，新潮带来外部世界的各种信息。而对新潮的某种不适应又使我产生对新潮的逆反，但以多种方式、多种角度来认知世界的时尚风气，无疑潜在地影响了我阅读与认识传统的方式与角度。其实从本质来看，我是在寻找古典元素中抓住我、吸引我的部分，在寻找能运用到自己画中的因素，而不是墨守成规。前者是一种主动，而后者会造成处于弱势的心理障碍，这种障碍常常会扭曲一颗健康的心灵。一个因袭者的传统观，与一个制造者眼中的传统，显然是有区别的，如同一位一辈子固守家乡的人，与一个远途跋涉者回到家乡，或者在外回忆家乡的感觉，显然不是一个概念。家乡没有变，但不同的体验留在各自心中的印象以及对家乡的理解已有了很大的差异。

光泽给我带来了喜悦，而古典作品中曾引起我感动的部分，也具有一种光泽，《出水芙蓉图》、《捣练图》所散发出的是明晰、温和、玉质般地裹了一层包浆般的光泽。这给我一种信心，一种启示，我悉心地展开层层渲染，像素描般地，一边惦记着自然物体，一边沉入遐想地渲染，一旦画面出现一种不和谐，就继续第二遍的洗刷，再重新提示画面醒目的部分，模糊其他部分，让揭示的东西融合在一个朦胧的氛围里。我在这样的状态下，若即若离地感受自然，也在这样的状态中，若即若离地感悟传统绘画以及各种外来绘画，若即若离间渐渐地成就了我的感受与表达方式，也悄悄地渡过了二十来年。我现在的回忆，似乎有些少年似的情绪流露，我

荷塘清趣册 34.3×34cm 1989年

尚不愿意到达看穿世界的成熟与老练的境地，仍想有些少年腔。但仅是希望而已，毕竟到了通达的年龄，一切顺其自然。荷花每年绽放，但观看的心态在慢慢地发生变化，憧憬已悄悄地向怀旧转换。

　　虽然荷花依旧。

2007月10日写于东湖丽岛

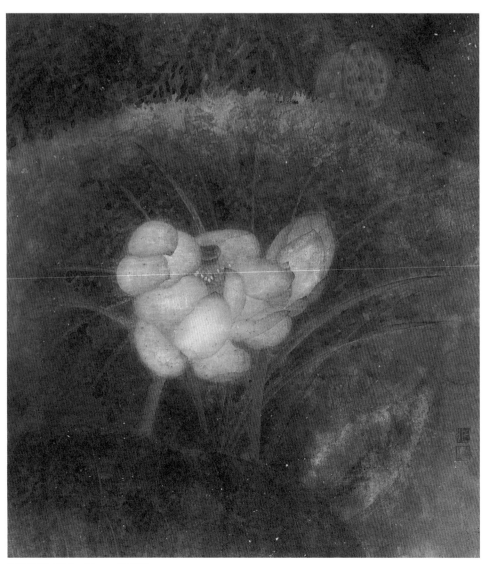

露冷莲房　37.9×34cm　1987年

荷花册 33×33cm 1993年

冷香 33×33cm 1989年

荷花 33×33cm 1993年

荷 33×33cm 1992年

清趣 43×45cm 2003年

　　我画过无数幅荷花。自画工笔花鸟以来，荷花这一题材几乎不间断地出现在我的画面中。为何我要乐此不疲地画着荷花？想来是因为其花叶形块面积的硕大，又颇具独立性，可以自由地安置花叶的位子，为色块的填入提供了一个较为整体的空间。

　　我能找出这些颇为独立的形块，并考虑到填入色彩的因素，很大程度上是与当时接受的审美教育以及所具备的绘画能力有关。应该说，我的这些审美教育与绘画能力的培养是西式的，或者说是直观的。我多次提到画水粉画写生的经历，说明这种经历一直影响着我对外部世界的观察方式，并作用着将这种观察方式带入我的花鸟画之中。选择荷花大概是这些原因所致吧。

　　水中的花有点飘渺。雾气的缭绕、波光的荡漾，晕化了一朵实体的花。

　　我在夏天的烈日中得到了一个实体，可经霜逢露变成了一种虚幻，在这虚幻里我又看到了一朵绽开的水莲花。

　　由一朵花引申出一个场景，在这个场景里情绪可以自由驰骋，当时有这种愿望。我

荷花 44×46cm 2000年

在确定了花体叶面的位置形态后，便采用了画色彩画时的方法，将画面涂抹成浓重的深灰色、青蓝色、紫茜色。并在这浓重的色调里混入了石青、石绿、白粉……使其具有斑驳的效果。再用底纹笔蘸上清水洗刷画面，去掉浮层的色渣，让画面呈现为中性的灰色底层，为物象的显露铺垫出朦胧深幽的背景。接着饶有滋味地将白色沿着花瓣的边缘层层晕染。渐渐地现出了花瓣、花房、花蕊……物象的呈现常会由飘渺的想象，降回到现实。或许是边缘太清晰，或许是花体过于苍白，于是再用灰色遮盖显露的亮部，调和画

面的反差。我在这种反复的过程中，训练了自己的敏感度，同时把阅读名画时的某种体验，逐渐地渗透在这咫尺荷花中。我的这种作画方式，除了保留工笔画最基本的勾线渲染方法外，几乎违背了工笔画的作画规则。然而这种方式似乎靠近了心中的意象，也更能将情绪融入调和画面的过程之中。当我成就了这些略带实验性的小品，居然意外地出现"宋画式"的错觉，使得本来不合理的画法，纳入了被合理了的画种之中，并且被认可为一种"风格"，应该说是幸运的。

映日荷花　43×45.5cm　2002年

荷花册 33×33cm 1992年

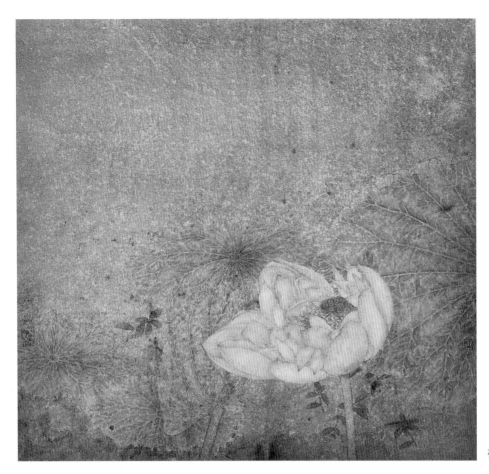

荷　42×45.5cm　2002年

藕花闲自香　43×45.5cm　2002年

荷塘双鸭　93.3×87cm　2005年

江南莲花开　173.5×94.5cm×2　1992年

藕塘深处　55×55cm　1989年

荷花册 33×33cm 1993年

风入藕花翻动 69.5×48.5cm 2005年

双荷 69.5×48.5cm 2005年

荷花册页 45.5×34.5cm 2004年

荷花册页　45.5×34.5cm　2004年

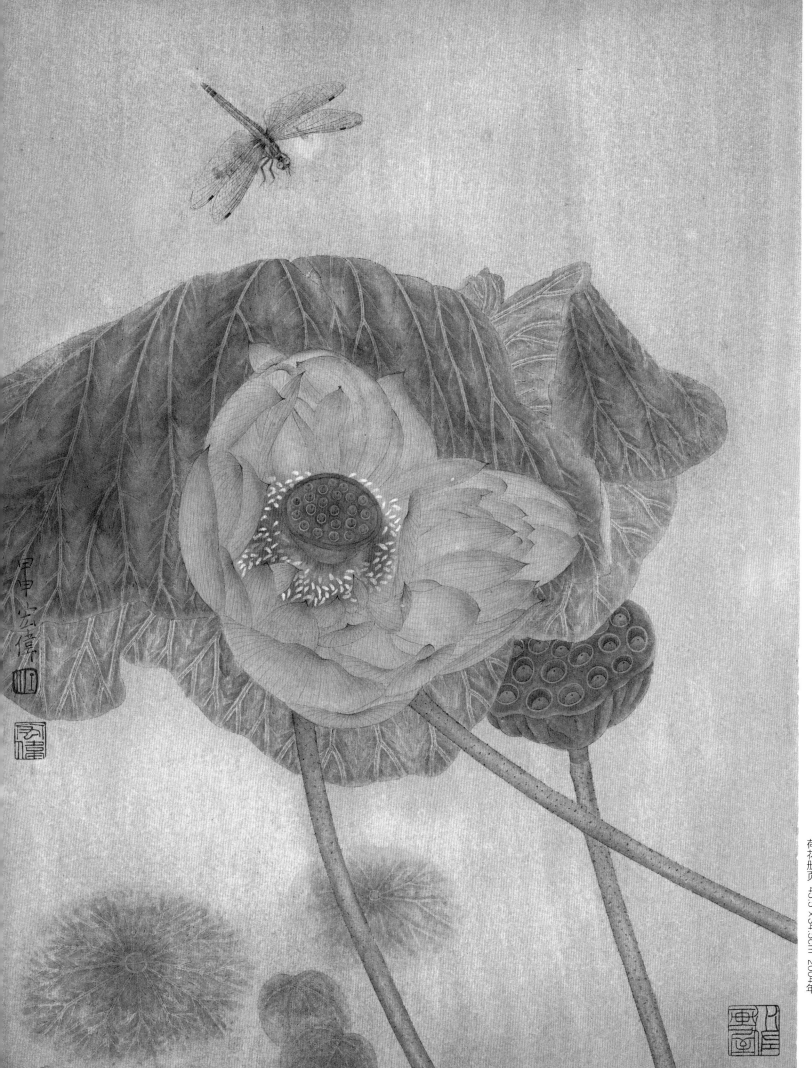

荷花册页　45.5×34.5cm　2004年

我有这样的念头："自然远胜于任何艺术杰作"。如果说一件艺术杰作是某个心灵与自然的融合所凝聚成的瞬间的美感，那么自然则无时无刻不在流动变化。

晨露湿透了微红的花片，也给叶面涂上了清澈的绿釉。光线明丽，花瓣渐渐舒展，露出玫瑰色的花房，吐出橙黄色的细蕊，叶丛也在明光中闪烁。晚风吹来，飘拂起花叶，抖动出散乱而有序的线条……

用心体察，便会发现自然间蕴含着无限的美感。

留得残荷 96×32cm 2006年

荷花鹡鸰 55.5×43.3cm 2007年

荷花翠鸟 56×43.3cm 2007年

疏雨暗池塘（局部）

清塘荷韵

疏雨暗池塘 128×124cm 2007年

荷花册页 45.5×34.5cm 2004年

荷花册页　45.5×34.5cm　2004年

秋塘 46×34cm 2004年

　　他的画面为美而美，有一种"冰冷的微温"，如艳泽的肌肤，散发出一种"白瓷釉里泛起微微的红"，它仿佛不是在你的前方，而是你循着它的呼吸回头才看见它——带着一种欲说还休的羞怯，一种安祥，一种悸动，征服了你的凄清和柔软，也塑造了你的细腻和绵密——你不是诗人，但作品在呼唤你，它要求你必须是诗人。

（节选漆澜《春荣秋谢化折磨——江宏伟的古典白日梦》）

荷花册页 45.5×34.5cm 2004年

薰风十里藕花香 178.5×48cm 2006年

无风清气自相吹　95.5×149cm　1998年

41

白荷 46×34cm 2004年

　　我的很多画，背景的烘染均采用具有一定饱和度的中间色，这容易使物体与环境相融，制造出一种氛围来。此画一改以往的面貌，变得单纯了。背景单纯了，画面主体则显露无遗。于是对物象的塑造要求就更为严格，特别是画面的结构穿插、枝条的走势等。此外在染色中要把握一种适度，也就是与底层的和谐。物象的每一部分，即线、形、色必须相互制约，保持同步发展，否则会出现孤立刻板的现象。所以，每勾勒一根线，每渲染一层色，都需要作敏感的反应，来协调相互间的关系，以使背景不至于成为一个平面的空白，而是与物象融为一体的画面不可分割的一部分，并因此产生出一种经过心灵体验的自然气息。

荷花册页 34×24.5cm 2007年

安伟

荷花册页 34.5×23.4cm 2007年

荷花册页 33.5×23.5cm 2007年

荷花册页 33.5×22.5cm 2007年

　　江宏伟以穷神极变的古典写实精神追逮自然的生命样态，以如歌的行板吟唱而出，有如晚唐诗的意味。他的画面无疑在形式感上袭用了宋人的骨骼，但更自觉地强化了形式感，以至形式感渐从自然状态中剥离了出来，笔下的物象不仅真实而且因形式感的强化凸现出了一种疏离迷幻的视觉效果。在反复的制作过程中，视觉经验渐次模糊，真实渐至虚幻飘渺，慢慢地化为一缕缕哀伤迟暮的痕迹。心迹的栩栩如生，取代了物象的栩栩如生。在此层面上，我们可以说，他不仅在意于说什么，更在乎于怎么说。

（节选漆谰《春荣秋谢化折磨——江宏伟的古典白日梦》）

荷花册页 33.5×22.7cm 2007年

荷花册页 34×24.3cm 2007年

荷花册页 32.7×20.5cm 2007年

　　一朵倾斜的荷，依恋着水面。一片翻卷的叶，映衬着花。花更艳，叶更碧。花叶的相配，有无数种选择。花色与叶色的对比也有无数种方式。

　　我在寻找一种贴切。为了得到这种贴切，我在寻找中度过了无数个春夏秋冬。逐渐地我看出了宋人所绘的《出水芙蓉图》、《碧桃图》的贴切，也能用贴切的眼光找出自然中的贴切。

丁亥宏伟

荷花册页 33.5×22.5cm 2007年

荷花册页 33.5×24.5cm 2007年

荷花册页 33.5×24.5cm 2007年

闲立藕塘 72×48cm 2007年

莲子凉如水 72×48cm 2007年

风传一水香 93×171cm 2004年

秋塘聚禽 33.5×138cm 2006年

秋塘聚禽 局部（一）

秋塘聚禽 局部（二）

图书在版编目（CIP）数据

清塘荷韵：江宏伟工笔荷花精选集/江宏伟绘.—福州：
福建美术出版社, 2008.1
ISBN 978-7-5393-1893-6

I. 清… II.江… III. 荷花-工笔画：花卉画-作品集
-中国-现代 IV.J222.7

中国版本图书馆CIP数据核字（2007）第182727号

清塘荷韵—江宏伟工笔荷花精选集

※

福建美术出版社出版发行

（福州东水路76号）

福州德安彩色印刷厂印刷

开本889×1194mm　1/12　5印张

2008年1月第1版　第1次印刷

印数：0001-3000

ISBN 978-7-5393-1893-6

定价：50.00元